流

RYU

桜川冴子

ユニヴェール20
書肆侃侃房

水俣を離れ続けてほーれ、　ほう流民の舟にあれば歌へり

目次

流《りゅう》

——桜川冴子歌集

装画　田中千智「世界でひとり」

『六月の扉』（抄）

（第一歌集・一九九七年刊）

舌の上に言葉をのせてつぶやけば梅園の鳥は近づいてくる

ひとつぶの葡萄ほどにも語らずに人は逝きたり月の夜更けに

頼りない湯豆腐のような君なれば生姜のように座ってあげる

窓辺にて横たわるとき空と海のあわいの線と我はなりゆく

みずいろのセーラー服の生徒らが雨に濡れゆく紫陽花の月

重病の人を囲みて生徒らと歌えりイヴの青き賛美歌

六月の扉を開けし教室に鳥のようなる目の少女らつどう

冬の朝ハレルヤを口ずさみゆく生徒がありて教師がありぬ

風荒く吹き立つ道をのぼりきぬベートーヴェンの「田園」の丘

テーブルの上の肉その面積にゲルマン人の血筋を確認す

妻もたぬ男と夫をもたぬ女多き職場に時計は廻る

身を焦がすほたるの光をたよりつつ立てばしずまりて草の匂いす

乱舞とは呼べぬ蛍は夏の夜を草に醗酵なすごとく光る

目を閉じれば雲はわた菓子夏空にしがみつくほどのものはない

一片の白き貝殻のごとく我が片耳をおく夏の日の海

今日は戦わない女会議室の椅子にやもりのごとく座る

別れきて人の匂いの残りたる髪は雨のなかを油曳くごと

『月人壮子《つきひとをとこ》』（抄）

（第二歌集・二〇〇三年刊）

摩天楼

尻取りの「ん」の後のやうに立ちつくす難民の子を所在なく見る

仏像を作りて武器を作らざる和銅元年月光明るし

ああといふ間に崩れたり試し履きのブーツ脱げぬまま見る摩天楼

早口ことば

〈武《ぶ》具《ぐ》馬《ば》具《ぐ》武《ぶ》具《ぐ》馬《ば》具《ぐ》六《む》武《ぶ》具《ぐ》馬《ば》具《ぐ》〉ぞくぞく進む戦闘機もイージス艦も

河鍋暁斎「花鳥図」

花鳥図に雉に巻きつく蛇ありき蛇狙ふ鷹は殺めむとせし

三日月のオールを漕いで海ゆかば人なき船に花溢れたる

水俣I

夕となり　また朝となる　水俣の　工場の裏の　醋酸の　匂ひ或
いは　アルデヒド　鼻をつまみて　嗅ぎ歩く　海へゆく道　あま
ざかる　鄙にはあれど　竜宮の　城の門番の　軽口の　海月棲む
海　太刀魚の　しろがねの鱗　撥ねあぐる　眩しき海に　しほま
ねき　片方の脚を　振り上げて　砂の穴掘る　スカートの　裳裾
を濡らし　夕映えの　海にびな採る　然《さ》は言へど　これは毒なり
と　幼き日　我が収穫の　貝は捨てられつ

反歌

魚たちの魂祭りするしらぬひの海に人間は淡く立ちたり

わだつみのトヨタマヒメの持つ瓶の水とことはにゆめな犯しそ

（青木繁「わだつみのいろこの宮」より）

啄木の授業

虫愛づる姫君のばうばうの眉よしとよく見つ風紀検査に

啄木の授業意外に受けなくてどうしてだらう　広目天の眉

南禅寺山門のうへ手をあげて子らと絶景かなをやりゐる

遅刻する生徒の一群と交戦す騎馬民族の末裔として

沈黙の会議はつづく　微笑みてをれど開かぬモナリザの唇《くち》

「花冷え」とやさしきことば語らひて職員室にお茶を啜りぬ

しわしわと空が縮んでわたくしの花瓶に落つる春の雨なり

焼きたてのパンあたたかく夕ぐれはしろい羊を抱きて帰る

溜息の多き職員室なれば溜息吸つて教室へ行く

あぢさゐのぼんぼんのごとふくらめり梅雨どきの朝の髪は嫌だわ

教室にくくくと笑ふ生徒たち七つさがりの雨さへをかしく

先生は薔薇のやうだと去りし子よ花の部分か棘の部分か

子は親のサンドバッグか打たれても叩かれても母さんが好き

その家のあかるさのごと賛美歌をハミングしつつ生徒は帰る

月の背中

ぽつかりとひとりの月が浮かびでてあやとり橋の闇を犯しぬ

ためらひてゐるわれゆゑに十六夜の月人壮子瘦せてしまへり

三日月に見らるるわたし今日の嘘びゆーんと弓がのびてきさうな

観覧車ゆつくりまはる母と子が永遠のごとく閉ぢこめられて

ひとり泣けば別の子も泣く保育所のポンポンダリアすこしさみしい

二千円札に書かれし「すゝむし」の読めさうで読めぬわがこころかも

フェルメール

フェルメールをマウリッツハイスに追ひかけてネーデルランドの風こそはわれ

沈黙のすずしさに見るフェルメール十七世紀のミルク零るる

町全体が美術館なりぼそぼそとブルージュの古き絵の中に入る

お爺さんがながいキセルに吸ふ煙草みえない時間ながれてゐたり

をのこごはすくすく育つ若竹の筒の中なる異界の時間

耳といふ不思議なかたちＧの字もＪの字も白木蓮を仰ぐ

耳の螺旋

ケータイは父の癌告ぐ草枕旅に遊べる猿沢の池に

朝焼けの病院のベンチに父言へる手術の拒否をかなしく聞きぬ

病室に戻る姿の影細くうすくなりゆく父は逝くのか

耳を取り頭蓋開きて父の貌疑へりわれは見つむるほかなく

父の爪カチンカチンと切りてやり影絵のやうにわたしは動く

帰らんと手を握るとき意識なき父は欠伸すまた握りしむ

逝かん人を迎へに来しか死の前の父のベッドの白きあかるさ

半年間もの言はざりし父なれど心停止の後ふいに唇《くち》動く

通夜の家ただに明るし電球に透かす卵の裸のやうに

甘えたきわれのこころは亡き父の耳の螺旋を滑りおりゆく

滝壺に白きシャツ飛び込めるごと水落ちゆけり父は逝きたり

サイコロの一の返しは六となり七曜のはじめ　天地《あめつち》まはす

水俣Ⅱ

水俣展が地元で開催された。他の地で開催された時に並べられた患者の写真も地元では大方黒い紙のみが貼られていた。

水俣病患者の写真なく■■■■■■■■■■■■無言に抗議す

実験に使はれたりし水俣の狂へる猫を思ふ春月

ふるさとを捨てふるさとに棲むといふ患者の家の漆黒の窓

ひよこひよことちひさなバケツに貝採りしわれが重なる岩の頭は

泣いてゐるのは泣いてゐるのは笹百合のさゆらぎ或いはちひさなわたし

亀の背に休んでゐたる太陽が気持ちよささうに抜けて暮れゆく

鳥葬

青旗のヒマラヤをゆく禿鷲の臓器に重く死者は沈みて

藍ふかく高き空より禿鷲は人の死待ちてその死貪る

ヒエラルヒー禿鷲にあり人肉の柔《やは》きは猛《たけ》き鷲がまづ食ふ

死のひとつくまなく食みし禿鷲は頭蓋骨ひとつわれに残せり

ああここはアウシュヴィッツかヒマラヤかさなりヒマラヤ鷲が人食ふ

断絶は血の匂ひ吸ふわれと死者　空舞へぬものは這ふやうに生く

禿鷲に食べてもらへぬわれなるか　さびしい腕を空に翳せり

わたくしはここにいるよとチベットの空に手を挙ぐきーんと泣いて

富士よりも高き大地にふるふると足も空なり酸素を買ひぬ

誰からも遠くありたし禿鷲が人の死食ふを黙し見る空

頭のうへの聖書

急ぎ去る君の影追ひつんのめるちよつと待つての姿勢のままで

悔しくつて憎らしくつて哀しくつてニラなんか食べて「ウッハー」と息して

頭《づ》のうへに聖書をのせて楽しんで歩く練習せしかなむかし

ひとり立ちふたり立ち大勢が立ちふり仰ぐ熊ん蜂の飛行

大男落ちにけらしな　桜島今日もごろりと煙草をふかす

王祇祭

長靴をぶかぶか履いて描になりすます　慣れない奴が一匹ゐるねえ

長靴をすつぽり履いて前を行く「ばんばせんせー」も猫のやうなり

「どやどやと来てどかどかと去つて行くヘンなやつだな」と白鳥の精霊

「ものン申《まう》」と当屋使ひの口上に耳あたたかく王祇祭待つ

神運ぶとき乱声《らんじやう》は美しくきららきららと雪光らせて

安らかな祈りのやうに延々と座《ざ》狩《が》りのこゑは宿に響かふ

みみづくの耳立てて聞けばすみずみに座狩り恐《かしこ》し「ようござります」

長老は〈翁さびた森の梟〉目尻を下げてけむりぐさ吸ふ

神宿る少年は六歳こほろぎの貌してわれら遠く見上ぐる

罅割れた唇《くち》をひらりと塞ぐのは雪の触手か風の尻尾か

くわんねんせいくわんねんせいと雪は降り風の魔王が首筋に寄る

白《しら》真《ま》弓《ゆみ》放てるごとく白鳥は空を渡りぬ月山街道

旅の終りはすこしさみしい水仙月三日の月にさよならを言ふ

空の振り子

鶴《つる》来《く》月《づき》満月の空渡る鶴いつせいに首を南に伸べて

鶴の脚すらりと伸びて降りてゆく空の振り子の鳴りいづるごと

冬の田にダンスしてゐる鶴の恋鶴の歌垣人垣に見つ

万羽鶴つと降り立ちて鏡なす水田暗めり己の闇に

遠つ世の祝祭のごと病得てぽつぴん哀しビードロが鳴る

あきらめて遠く見つむる風の道風の族《うから》が北帰行する

百済観音

草笛のやうに言の葉鳴らしつつ百済観音と呼べばさやけし

わたくしに来よとさしのべし観音の掌のうへにぽつんとひとり

観音に触れたくて肩揉みませうなどと言ふ蟻のやうにちひさく

海のこゑ聞こえくるよろこびに立つ百済観音の杏仁の眼は

月の夜は水瓶《すいびやう》のみづ音たつるらむはるかなり飛鳥　飛鳥はるけし

花菖蒲ひと束を大き瓶に活け紋白《もんしろ》蝶のごとそはそはとする

木枯らしのひゅーと吹いて蹠《あなうら》はカサカサカサコソ落ち葉の棲めり

母の手は思ひがけなく細かりきスクランブルを渡りたるとき

面談に不機嫌に来て坐りたる十七歳のもやもやを吸ふ

豹柄の同じコートとすれ違ふさびしい貌に選ばれし服

三十分怒りつのらせ待つ駅に面高夫駄《おもたかぶた》に乗りて君来る

はりせんぼん互みに飲みて許し合ふ菜の花のやうな春のこころに

「情報」と訳せしは鷗外パソコンに明治の髭はびびびと動く

食パンをへこませながらながめゐる雲は中也の帽子つくれり

ずつとずつとひとりでゐるのはどうですか樹に問へば樹はおほらかに立つ

『ハートの図像』（抄）

（第三歌集・二〇〇七年刊）

ハートの図像　宮崎

言葉より生《あ》れたるやうにひいふうみいひいふうみいと丘をゆく蝶

白墓《しろばか》＊に一輪の菊活けられてゐる隠れ切支丹なりし胸元

＊名前や素性については神のみが知るという意味において、何も記されていないのっぺらぼうの墓碑を白墓と呼ぶ。

鶏頭のくれなゐまぶしき墓地にして貌なく名なく白墓ありぬ

「霜」「冬」とその名刻まれ切支丹の霜のひと世の隠れ墓碑あり

墓碑に巻く蔦むき取れば冬の陽に頭《かうべ》冷たき隠れ切支丹

蓮の花刻まれてゐる墓石に隠れ切支丹の裸身《はだかみ》を撫づ

「皈《かヘル》レ元《もとニ》」*と刻む墓石あり信仰を捨てたる人の苦しみ滲む

*弾圧のつらさに耐えかねて信仰を捨てたけれども、死して元にかえる。

弾圧に立ちしまま寝し切支丹寝墓《ねばか》に眠る天に安かれ

十字架《クルス》ありハートあり棕櫚*の図像あり隠れ切支丹の背中に触るる

*棕櫚は聖書で勝利を象徴する。

タトゥーのごときハートに秘めし十字架《クルス》あり隠れ切支丹はこの石の下

寄せ墓＊に肩を寄せ合ふやうにゐる隠れ切支丹死の後もなほ

＊寄せて括られている身寄りのない人の墓。

死者を狩るスコップ動く手のあらば後ずさりするやうな寄せ墓

柿落葉吹かるるやうに壊されてゆく寄せ墓の隠れ切支丹

たましひの奥処を覗きこむ墓地に死者はわたしの弱きを照らす

「日向《ひうが》には切支丹なき候」といふこゑに墓地の木々騒ぎだす

飫肥《おび》城にふつと消え去る幻を見る切支丹の♥《ハート》*を追ひつつ

*仏教徒を装いながら生き抜いた隠れキリシタンの墓碑に、ハートの図像が刻まれたものがある。これは十字架上で刺されたキリストの心臓を聖なる恩恵と愛の泉と受けとる「聖心（みこころ）」の信仰を由来とすると聞く。

年毎に隠れ切支丹の墓は消え荒地野菊の深き空なり

伴天連《バテレン》の樹　天草

天草の肩こすりつつ着陸す隠れ切支丹の肉のごとき島

石段に踏めよと彫られしクルスありいまだ残りてわがこころ問ふ

願ひごとばかりしてゐるわが祈り日だまりのなかの贋金のごと

切支丹しろき墓碑群にうぐひすは鳴き歳月はあかるい奇跡

鮟鱇《あんこう》の干物にほへる天主堂訛りて祈るこゑを聞くなり

春雨にシューズを濡らし立つてゐる少年のごとき墓に近づく

どれほどの時間がわれを太くする伴天連《バテレン》の樹は鳥を休ます

水俣に隠れ切支丹のごと病める友ひとりもつわれの歳月

墓碑銘　馬渡島《まだらしま》

青潮の波間を分けてゆく鳥の隠れ切支丹この島に来ぬ

啼くキジは何叫びゐる　仏教徒耶蘇教徒いまだ棲み分かつ島に

「よその人」とわれは呼ばるる椿坂　椿の視線頭上に浴びて

ケータイを明かり取りとして墓碑銘を読めば同姓ばかりなる村

十字章　由布院

草かげに石動かせば鵺鳥《ぬえどり》の心《うち》嘆《な》く墓の十字章あり

菱形のくぼみもつ墓の十字章美《は》しと見つむる　われを咎むな

ふとわれが居なくなりたる心地して貌を上ぐれば杉の神様

元帳《もとちやう》　五島列島

音に聞く久賀《ひさか》の弾圧われ言へば舟出しくるる島人ありぬ

久賀島　牢屋《ろうや》の窄《さこ》にて　ここは切支丹弾圧による殉教の聖地

算木責め、水責め、火責め、人間に権力をもて人がせしこと

福江島　宮原地区

あの家が隠れ切支丹と指さしぬメジロ飼ふ人ほのぼのとして

トラクターに干し草を積み小《ち》さき姿《かげ》帰り来たれり元帳《もとちやう》*なりぬ

＊この地区で代々隠れ切支丹の信仰を守り続けている人を元帳という。元帳は少なくなり、現在十三戸しかなく、年配の人ばかりと聞く。訪ねたところ留守で、あきらめて帰ろうとしたところに出会った。

なぜ今に守れると聞けばうぐひすの谷渡りして問ひを打消す

大切に先祖の守り来しゆゑと素朴なる理由凛として言ふ

トラクターに乗りたるままに語りしを帽子を脱ぎて元帳詫びぬ

葛の葉の切支丹なるはこの人を見よといふごとし人柄滲む

思想すら貫き通せぬ世にありて浜沈丁《はまぢんちやう》の花のむらさき

オラショの祈り　生月《いきつき》島

四月三日に多くの殉教地がある生月を訪ねた。島の博物館は山田地区の信者が代々受け継いできたマリア観音像を大切に預かり、保管している。その日は偶然にも信者の一族が集まり、出して、オラショの祈りを唱えるとわかり、同席させていただく。

鯨《いさな》とり　海に架かれる　さみどりの　屈強の橋　カーナビを　見
つつ渡りぬ　見下ろせば　殉教の海に　車ごと　呑まるるごと
し　見上ぐれば　殉教の島は　遠近《をちこち》に　花を挿頭《かざ》しぬ　暁の
鳥ごゑを聞き　福岡を　発ちて来れる　卯花月　三日の島は
花衣《はなごろも》　一族なるか　生月の　隠れ切支丹　受け継げる　信者はあ
りて　わが横に　語らひゐたる　請ひて言ふ　今唱へんと　する
祈り　われに聞かせよ　信者なる　あるは告げたり　受け継げ
る　ことの困難　われら今　オラショ唱ふるは　一年《ひととせ》に　一度《ひとたび》なる
ぞ　卯花月　三日のあした　何ゆゑに　ここに来たれる　カーナ
ビに　導かれしか　殉教の　島の桜に　呼ばれしか　驚きて聞く

西洋の　音楽のごとし　チベットの　マントラのごとし　信者なる　男三人《みたり》の　唱へゆく　オラショの祈り　大方は　わからぬなれど　一時間　程の間《あはひ》に　あるときは　さんたまりあと　十字架を　切りて唱和す　一族の　女四人は　男らの　後ろに坐して　ひそひそと　またひそひそと　のどかなる　会話いつまで　ときどきは　ぷいと吹き出す　オラショとは　男によりて　唱へられ　受け継ぎしゆゑ

近づけば　焼けたるといふ　マリア像　置かれて祈る　供へしは　日本酒とするめ　重箱に　女作りし　赤飯と　煮しめなどあり　祈り終へ　分かちくれたる　これこそは　パンと葡萄酒　日本酒と　烏賊をいただく　よきこゑと　オラショのこゑを　誉めたれば　信者なる人も　口々に　また誉め合ひぬ　くらくらと　わが酔ひたるは　ひと息に　飲みたる酒か　葛の葉の　隠れ切支丹　受け継げる　人のこころか　山田地区　四百五十年　守り来し　オラショの祈り　白月《しらつき》*の　海に響かむ　海ゆ轟け

*生月では満月を白月という。訪れた日は満月であった。

反歌

くらぐらと踏み絵のごとき今もあり迫られて人は思想深くす

人形

沈黙を語りつづくる人形のしづけさに百合は花粉をこぼし

ぽんわりと頬をゆるませ飲みし父赤玉ワイン昭和がありき

コロス　能「不知火」

二〇〇四年八月二十八日　水俣湾埋立地「不知火」奉納公演

原作者の石牟礼道子氏挨拶に

鶏も豚も命を養ひし海とニックネーム呼ぶごとく言ふ

不知火のおぼろの月にゆつさりと梅若六郎立ち現れぬ

「不知火」の能果つるまで大潮の波は寄せきてコロスとなれり

水俣の埋め立ての地に地蔵立つ　もじよか顔して死んなはつたと*

*かわいい顔で亡くなったという意味の方言。

水俣

水俣病判決を見よと集められ山田先生の涙を見たり

小学生の頭むんむんと一台のテレビ囲みき水俣病判決

空洞となりたる花の万の眼が映す水俣の青の深さよ

残月の少しかかりて不知火《しらぬひ》海は鴗鳥《そにどり》の青き器を湛ふ

住民の亀裂を生みし水俣病人のなかにも苦海ありにき

青い風の駅

ひかり風くぐりて走る一年生たんぽぽ星人たちの春です

眠りたる頭を出して「透垣《すいがい》はフェンスのことか」と生徒が聞きぬ

くちばしを懐に入れまた眠る鴨にかも似む礼拝少女

菊綿をアロマと説けば鬱屈の生徒近づく式部の日記

どこまでも春は眠たしささがにの雲はふかぶかふとんに見えて

雨の日はころ低くなる楽しさになまあたたかく鳩が鳴くなり

本当に叱りたいのは子か親か二つの背中見送りてなほ

直球でばんばんとくる仕事また避けられずくるポプラのひかり

水色のブラウスのなか吹きわたる青葉の風の駅なりわれは

古代エジプト展

エジプトのミイラの柩を見てまはり永遠のなかをわれら横断す

木棺に四人家族の描かれしはるかなる死者を想ひて独り

エジプトの空とナイルの落としもののやうに河馬ゐるあをくしづけく

びつたれおどし

女人国長人国とゑまひつつ古伊万里に描きし絵師のこころや

題詠「強めのシャワー」

宍道湖は千手観音の手に打たれ強めのシャワー浴びてゐるなり

海底《うなぞこ》は手力《たぢから》の神の肩車九十九島のどの島タカーイ

振り向けば塩の柱にされし人聖書にありて中年走る

湯に眠り浦島のわれつくづくとしわしわの掌《て》と対面をせり

東北の寒さを連れてくる風にきりたんぽ鍋ほはほはと食む

受験生顔を赤らめ解答しふうと息せりよきものを見き

ミシシッピ赤耳亀は思案してびつたれおどし*にぬうと沈みぬ

＊博多の言葉で、晩秋の頃の急にくる寒さを言う。

老亀もびびる博多弁がまがまとかまへ*て冬の白球を待つ

＊冬の寒さに十分に備えること。

瑣末なることとは言へど教室の机をむんとはみ出せる足

馬場先生きつぱりと言ふ「あれは野火」　野火だ野火だと遅れて騒ぐ

余震つづく書斎の恐怖この背中じつと見つむる本棚がある

螺鈿の月

虫すだくさやかな空の群青に螺鈿細工の月鳴りいづる

新学期はじめの授業うれしくて〈授業びらき〉せむ春雲の下

暁に生徒叫びて目覚めたり耳のなかにも学校ありぬ

アイヌ墓地

立てし指に蜻蛉とまらせゆく墓地にアイヌの若《も》しは吾子よ寄り来よ

風を呼び風を送れる柏の木十歳に満たざる死者の頭上に

抑圧に埋もれし塚のくらがりに入れば靴底に土は応ふる

墓参りの習慣のなき墓地に咲く百合うなだれてランプを点す

赤蜻蛉やがて飛べない無時間のしづけさのなかへ浮遊してゆく

墓なるはひかりの舟と思ふまであらくさとなりし墓地に陽が射す

『キットカットの声援』（抄）

（第四歌集・二〇一三年刊）

春へ

大宇宙つくり給へる手を想ふまつ白な雪を転がしながら

知恵の実の林檎を取りし罪の手は人の弁当を間違へて食ぶ

中一の授業してまた高三へ戻り授業すふたつの日本語

燃えるやうな恋はしたのかと聞かれをりしてみたい子としたくない子に

ぎよつとしてすぐに慣れゆく生徒たち渡り廊下の鼠の臓器

あたらしい教科書の匂ひを嗅いでゐる中一の子らよ「はる」を開かう

「はる」谷川俊太郎の詩の題

龍の渡り

渡らざる鵯《ひよ》もをりたる天《あめ》の下修行者のごと渡る鵯あり

背後からぴーよぴーよと呼ぶ鵯は椿の花粉口につけたり

いま渡ると見せて戻れる群れもあり飛び込み台の子どものやうに

ひよどりの千羽の群れが龍となり忽ち渡る関門海峡

海峡の上空を時速四百キロはやぶさの口はひよどり銜ふ

いつせいに鳴かなくなりぬ　次の群れ数分間の弔ひなるも

銜へたる鵯をぽーんと雌に投ぐはやぶさたちの求愛の空

弔ひの鵯の一団飛びたちて風の帯見ゆ龍の渡りの

芸亭《うんてい》

うたた寝より覚むればここは漢文の文字の回廊ゆきつもどりつ

乾杯の音をカリンと鳴らすときグラスのなかでワインは踊る

教へ子と表参道で再会すゼブラゾーンをたぐり寄せつつ

ゆで卵かちんと割つてしづかなり誰のものでもない私の朝は

知るといふしづかな涙をこぼしたり　ある夜月よみは芸亭《うんてい》*のなかに

＊「芸亭」は奈良時代に建てられた日本最初の公開図書館

をかしくてわれは笑へずいにしへの難くせ僧侶のごとしこの人

「先生が頼りです」なんて言はれをりどうかなあ吾は吾さへ裏切る

笑つてはいけない、いけない　眉検査に前髪を切り貼りつけて来ぬ

髪を切りソックタッチで眉に貼る今ごろこんな生徒頼もし

はじまりはなんとさびしき楽器かな裸形の空に骨を奏でて

「象たちの鼻より長い人生」と作文に書く中一まぶしく

賢治より千の螢と言はれたる豆電球の下でメールす

古伊万里の絵柄の人はぶらんこを漕ぎつつ巴里の空に消えたり

わが家に遊びにくると生徒たち班をどんどん作り怖ろし

受験生の担任なれば言ふ「合格をした後に来よ」「しなくても来よ」

キットカット

キットカットを生徒に配りがんばれと言ひすぎてしまふセンター試験

ふらり入りふらり出でゆく人の世の暖簾がさびし石田比呂志逝く

競輪に負けて一杯やりしかな命の灯りゆらりと点し

大震災

泣きながら家族を捜す被災の子見らるる者は見る者を射る

高レベル放射性廃棄物に泣くキリストが生《あ》れてまだ二〇一一年

さやうならもうさやうならわたしわたしわたしと言ひし時代よさらば

仮面武装

空港の動く歩道を走る、走れ、走りるれああ足が縺れて

振り向いて辞す人と振り向かぬありいづれ寂しき退職の門

まなこ洗ふ緑雨の電車に隣り合ふ仮面武装の過程なる人

週末の折れたこころにしみてくる車谷長吉人生相談

かたむける壺に流るる民としてフクシマを見るわれのミナマタ

たくさんの絵の中のただ一枚の青に触れられ美術館を出る

オットセイ

中一はおつとびつくりオットセイ後ろから来て目隠しをする

枢ほどの掃除用具の置き場からミイラにあらず生徒出てくる

やまゆりにはばたく蝶をつまむ指の暗がりに打つ携帯メール

今日の授業恥づかしいほどダメだつた火照つた頬を両手でつつむ

持ち帰る仕事を両手にぶらさげて雑踏に佇つ障害物われ

胸の奥で山椒喰《さんせうくひ》が鳴いてゐる　人のこころをひりりと噛んだ

ふくらみて沈みてふくらむ生徒たち六年間のこころに出入りす

絵の少女のまばたきの間の一瞬に産み落とされしひと世かわれは

ユダの銀貨

ハライソをひとり思ひて水俣の内なる海がさわぐ福島

ここもまた「流民の都*」　マスクして飯舘を過ぐわれの水俣

＊石牟礼道子にこの題名の散文集がある

ひばりひばりまた見失ふ蒼穹ゆこゑのしづくを落としたるまま

耕せぬ南相馬の農の手は豆餅を焼いてわれに呉れたり

ガードレールにゆつと歪める町に聞くおばあさんまだ見つからぬといふこゑ

車両などいくつも転覆してをりぬ人の名を叫ぶ言葉をもたず

原子力発電所日本にいくつある散らばれるユダの銀貨のごとく

水俣の海のものなる我の手はむかし震へて友は真似たり

過去形でしか話せなくなつた子はアンモナイトの螺旋を描く

鳴りやまぬクラクションいまだ聞こゆると両手もてふさぐ女の耳は

この舟で食べてきたんだ捨てられぬ　漁師のこころを包む舟なり

「あの家は被害を受けた」「受けてない」遠き日のわが水俣を見る

されど尚にんげんのこゑあたたかくそを聞きて咲く一輪の花も

めらめらと家を倒して陸に来しこの大船の主を憎むな

生徒なき運動場を見下ろしぬ朽ち果つるものは翼をひろげ

『さくらカフェ本日開店』（抄）

（第五歌集・二〇一九年刊）

ラボラトリー

古池や　蛙は何匹ゐるのかと言ひあつた日々よ欠席に◯《マル》をす

キャンパスに無邪気な水は跳ねてをり不規則にぽんとピアノをたたく

まなかひに桜の見ゆるわがラボを期間限定「さくらカフェ」とす

さびしさはお腹にひびく父親を亡くしし人の大き弁当

斜交《はすか》ひにせり出す本を一瞥し嫌はれることを学生に言ふ

女性差別なき世を願ふ女子大のうそうそどきの桜は不気味

肩書きのなき湖《うみ》がある　河野裕子それのみ記す名刺見しより

雨の伽藍

気まぐれな雨に呼びとめられてゐる心見せまいと覆ふ雨合羽

柳川の鰻は遠し　どしやぶりの雨の伽藍の舟のひと吾は

水底はそんなに深くないらしい　自らに溺れることもあるのに

くつきりと立ちたる鷺は飛び去りてやがて水面を破る雨脚

屋根のない小舟は愉し雨降れば雨族、風吹けば風の族《うから》ぞ

ゆらゆらと舟に下れば景色から近づゐてくる浮遊感あり

曲がるたびページをめくる景ありて人生の迷路と思《も》へどゆたかなり

うち揺れて「好き」と聞こゆる吊り橋に聞きかへすなく螢見てをり

かはるがはるおでこを寄せてのぞき込む恥ぢらひのやうな桃色あぢさゐ

最寄駅に着く直前にはッと起くサムライスピリットわれは下車せり

沈黙はひびきに似たりそこにゐない人を思ひて祈る会堂

長崎は行き止まりなる　くろがねの鈍きひかりの尾骨を見つむ

みなまた

野の神の手に振る鐘の音近し消《け》残る雪に春雷ひびく

格子より斜めに射した陽いさまがちらちらと畳の縁に遊びぬ

ふるさとにふるさとの顔をもつ人の集まりがあるパイプ椅子ならぶ

米びつの海と言はるる袋湾　子らは無邪気に魚を食らへり

廃液を猫のごはんに混ぜしかの執行人は心ゆらぎけむ

雨粒がぴしやりと落ちる瞬間の泣き顔でしたカメラの前で

みんなみんなどこかへゆけり濃き闇に手囲ひのほつ、　ほうたる放つ

友の前で震へてしまつた手を闇にもぐらせてわが水俣を消す

花こぼれおぼろ月夜に花こぼれゆきたくてゆけぬ川の向かうに

山ひとつ欠けて埋め立ての土となる激症患者の出でし島見ゆ

「ゆうひら」* は水湧くところ産みたかつた子どものやうな魚寄るところ

＊「ゆうひら」水俣の湯堂にある海底湧き水。

民草のなかに救ひのあることの近きなり遠きなり石牟礼道子

野良猫を可愛がりにし園長の父と語らる避病院*の跡

*水俣病が伝染病と疑われた時期に患者を隔離収容していた病院跡地。

とろろ汁すすりてをかし父がゐて笑ふやうなりわれの体に

百間《ひゃくけん》の排水口*のその幅を見もしないではわからぬ百間

*水俣病の爆心地。

秋風の排水口に一管の笛として立つ生かされし吾は

はじかれた木がひつそりと立つてをり人間の森を目を凝らし見よ

握手

マンゴーの裸身にナイフを入れるときしつとりと濡れて種子観音います

かすみ草、薔薇が逆さに吊されて花のミイラとなりにけるかも

扇もつ手はうれしくて授業せり那須与一の子孫がをれば

キスよりも握手せつなし手のひらのかりそめならぬ生に黙せり

あッ、雨とひとつの傘に飛び込めばいつもより濃く君が匂へり

高校

水無月の教室に唱ふる下一段け、け、ける、ける蛙が鳴いた

かすかなる死の気配して振り返る渡り廊下に蛙の死骸

踏んづけちゃだめよ、と喉を開栓し黙《もだ》多き子がこゑを放ちぬ

廂より雨の落ちくる暗がりにのぞき込まるる不如意の死あり

しみしみと死んだ蛙を食べてゐる軍隊蟻の無数のあたま

カメムシを踏みつぶしたる生徒ゐて「花橘」の歌までも臭し

群がれる蟻ゐなくなり小《ち》さき死の土となりたる時間を跨ぐ

ホッカイロを渡しただけで泣いてゐる生徒と歩む星がきれいだ

はるかなる宇宙銀河の冷たさに耳を触れさせどこまでもゆきたし

たこ焼きをルームサービスに食べてゐる子らを引率す短歌甲子園

いくつもの手が上下して響き合ふハンドベルのなか学校がある

肩書きは消えてゆくものされどその煙を摑むにんげん愛《いと》し

にんげんに疲れてをれば糸杉*の上なる雲の有耶無耶来たり

*ゴッホの絵。

やんはりと人を拒みて黙りたりわが内のジャケツイバラの花が

はつなつの同窓会に呼ばれゆく青教師なりしわれの恥の日

一品の手間隙かけた小鉢ある貧しけれども授業のことなり

教科書を持つて来ぬ子に引かせをり辞書の「たほいや」「だんぎくさ」など

自然とはいかなる色か　吾《あ》を見よと耳川流るただゆるゆると

「みやざき百人一首」

満月の長きひかりの降りてくる片《かた》男《を》佐《さ》橋に足を入れたり

大きすぎるめがねはひどく眠くなる小ならば少し眼鏡と採点

いましめてをれば背後から「はい」と言ふひとりふたりと生徒増殖す

反省はみぞれまじりのこゑでせよ曇天に百合は首をもたげて

罪人とはいかなる罪か　戻り来し兵の狂乱を棕櫚の木は知る

耶蘇教の学校を軍は占領し「てめえみたいな奴」を締めたり

昆布より言ひ寄られたる会合の鍋の豆腐が身じろぎをせり

ゆふぐれの水面《みなも》を穿つ雨に遭ふ言ひさしたまま濁した言葉

バスケットコートが清水寺である修学旅行の事前訓練

先生はシングルベルかと新聞をまるめて窓を拭きながら聞く

夕闇は貴船神社の石段に迫りて人のくるぶしを消す

褒めるのとおだてるのでは違ふなう、さうだなう、亀も頷きにけり

白秋の女

女子大の監視カメラに会釈してあゆむ逃亡の理由なけれど

ぶらんぶらん同じに動くつり革は受身なんだなかなしい家路

ひんやりと飲門《のみど》をくだる北限の桃の終着の地なる人体

座敷牢に閉ぢ込められし白秋の女の齢《よはひ》近づくばかり

地下鉄で人の新聞のぞき読む中洲川端ほろ酔ひ気分

虫喰ひの跡の残れるはつさくを周りから攻めて食べてしまへり

くすのきはくすくすさやぎやまゆゑ聞かなくていい話ふくらむ

ぼろぼろとこぼれて甘いメロンパンなつかし人の含羞ほどの

なつかしいあなたのこゑをわが裡《うち》にひびかせて読む葉書一葉

太宰府

梅ヶ枝餅の贔屓の店を言ひ合へる参道のここはスターバックス

ほのぼのとひかりを零しダリア咲くよろこびはわたし一人のものでなく

題「花・ダリア」

温泉に浸かりし後のロゼワイン酔つてないとは酔つてゐること

黒石を殺せぬ白の一局の頭のうへにありて愉しも

言つちやつて損をしたわが唇はファスナーの力加減学習す

海原と空が契りて鬱蒼とみどりごを匿《かくま》ふごとき沖ノ島

一樹

バス停の少女の髪を靡かせて南南東の風がかがやく

霧島の露天の風呂に白くゐるわが水のはじめ母なるひとは

なにがなしポストの口に手を入れてしばし秋思す何処へもゆけぬ

花の名を一つ忘れて眠れない母の電話にひらく歳時記

ののさまの照る帰り道スマホよりこゑを聞きます母よおやすみ

人はなぜ桃色を恋ふたらちねの胎にさくらの一樹ありしか

桜川冴子略年譜

一九六一年（昭和三十六年）

熊本県水俣市に生まれる。二歳下に弟がいて、父母と父方の祖母と暮らす。

一九七四年（昭和四十九年）　十三歳

親元を離れ、熊本市の九州女学院中学・高校（現、ルーテル学院）入学。寮生活を送る。

一九七六年（昭和五十一年）　十五歳

弟の中学入学を機に寮を出る。水俣から祖母が出てきて生活を支えてくれる。熊本市内の借家に三人で住む。高校三年間は牧水の歌の好きな先生が国語を教え、授業で短歌を作ることが多かった。

一九八〇年（昭和五十五年）　十九歳

青山学院大学文学部に入学。専攻は万葉集。サークルはアナウンス研究会に所属し、盛んに活動する。世田谷区千歳台に住む。

一九八二年（昭和五十七年）　二十一歳

弟の進学により、二人で文京区小石川に住む。

一九八四年（昭和五十九年）　二十三歳

福岡市に転居。福岡女学院中学・高校に赴任。キリスト教の教会で受洗。学校に放送部がなく、翌年に高校放送研究部を作り、顧問となる。県大会やＮＨＫ杯高校放送コンテストの全国大会の審査委員や、福岡の放送文化部門の専門委員を務める。

一九八七年（昭和六十二年）　二十六歳

九月、祖母死去。

一九九一年（平成三年）　三十歳

西安（短期留学）から帰国し、短歌を詠みたくなる。

一九九二年（平成四年）　三十一歳

「長風」入会。勤務校の研究室の棚に馬場あき子の著書が並んでいた。『風姿花伝』や『和泉式部日記』の名講義のカセットテープを聴き、傾倒していく。

一九九六年（平成八年）　三十五歳

長風新人賞受賞。

一九九七年（平成九年）　三十六歳

第一歌集『**六月の扉**』（短歌新聞社）を刊行して「長風」を退会。「かりん」入会。馬場あき子に師事。父が外耳道癌で三十時間に及ぶ手術を受け、その夜に心臓停止。蘇生したものの半年後に亡くなるまで意識が戻らなかった。母が心臓を患う。父の入院先の熊本大学病院近くに、ウイークリーマンションを借り、始発の特急で福岡の学校に通勤した。列車の中で歌集を読み、歌を詠んだ。駅弁が夕食だった。父の入院前にふらりと出かけた与謝野晶子の会で、講演者の伊藤一彦氏に出会う。

一九九八年（平成十年）　三十七歳

三月、父死去。

一九九九年（平成十一年）　三十八歳

かりんＺＯＮＴＡＧ会（福岡支部）を結成し、支部長。その発会式に小高賢氏が来てくださる。六月、馬場あき子の新作能「額田王」の上演が福岡県久留米市であり、翌日に支部歌会を開催。十月、現代歌人協会の「短歌フェスティバル・福岡」が開催され、裏方を担う。十二月、馬場先生との初めての旅行で、鶴の飛来地や高千穂牧場などに行く。

二〇〇〇年（平成十二年）　三十九歳

サバティカルで短歌の研究をする。六月、岩田正先生が来福。歌会後、柳川へ行く。八月、伊藤一彦氏が顧問を務める宮崎の若手歌人の超結社「歌工房とくとく」のサマー合宿が福岡であり、懇親会を拙宅でする。同世代の九州の歌人と遅くまで語り合う。東京の短歌の勉強会に毎月参加するようになる。

二〇〇一年（平成十三年）　四十歳

三月、歌工房とくとく主催の「九州青年歌人フェスティバル」が宮崎で開催され、若手歌人が集まる。パネル討議Ⅰ「現代短歌の最前線」の司会をする。この年から、パネリストや司会、コーディネーター、短歌の選者の役割・仕事が徐々に増えていく。

二〇〇三年（平成十五年）　四十二歳

十二月、第二歌集『**月人壮子**』（雁書館）を刊行。

二〇〇四年（平成十六年）　四十三歳

四月、東京のNHK青山荘で、歌集『月人壮子』の出版記念会。発起人は馬場あき子先生、岩田正先生、伊藤一彦氏、山埜井喜美枝氏、栗木京子氏、佐伯裕子氏、水原紫苑氏、日高堯子氏。十月、「唐津万葉の会」で初めて講演。この年から、講演の仕事が徐々に増えていく。

二〇〇六年（平成十八年）　四十五歳

三月、福岡市文学賞受賞。宗像大社短歌大会の選者となる（二〇一八年に休会になるまで）。

二〇〇七年（平成十九年）　四十六歳

八月、第三歌集『**ハートの図像**』（短歌研究社）を刊行。

二〇〇八年（平成二十年）　四十七歳

「音楽と短歌のコラボレーション」（宮崎県立劇場で開催）や「太宰府史跡発掘四十周年記念事業」（太宰府で開催）の催しに、短歌の朗読で出演する。

二〇〇九年（平成二十一年）　四十八歳

福岡市文学賞の選考委員となる。桧原桜賞（短歌）の選考委員となる。現代歌人協会のシンポジウムが学士会館（東京）であり、パネラーを務める。

二〇一〇年（平成二十二年）　四十九歳

福岡文化連盟の理事。博多連歌の会（後に「博多百韻の会」）の取りまとめ役となる。

二〇一一年（平成二十三年）　五十歳

一月、共著『馬場あき子と読む　無名抄』（短歌研究社）を刊行。

二〇一二年（平成二十四年）　五十一歳

福岡文化連盟編『文芸福岡』（年刊）編集委員。

二〇一三年（平成二十五年）　五十二歳

第四十四回博報賞受賞。九州大学大学院に社会人学生として入学。教育学を専攻。勤務校に短歌同好会を作り、顧問となる。九月、第四歌集『キットカットの声援』（角川書店）を刊行。

二〇一四年（平成二十六年）　五十三歳

読売新聞（西部本社版）の短歌季評の執筆者となる（二〇二一年に廃止されるまで）。福岡女学院短歌コンクールを企画立案。実行委員長・選考委員。八月、共著『次世代スクールリーダーのためのケースメソッド入門』（花書院）を刊行。第三回青木秀賞受賞。「博多連句会」（年に一回開催）を俳人の大谷弘至氏と共に主宰。

二〇一六年（平成二十八年）　五十五歳

五月、現代短歌文庫『桜川冴子歌集』（砂子屋書房）を刊行。

二〇一七年（平成二十九年）　五十六歳

福岡女学院大学准教授。同大学生涯学習センター副センター長。太宰府天満宮短歌大会の選者となる。朝日カルチャーセンター福岡教室の短歌講師。十月、編著『短歌でめぐる九州・沖縄』（書肆侃侃房）を刊行。

二〇一八年（平成三十年）　五十七歳

福岡女学院大学言語芸術学科主催「朗読コンテスト」（高校生対象）の審査委員。「短歌フェスタ福岡」の発起人・第一回実行委員長。

二〇一九年（令和元年）　五十八歳

福岡県医師会の医報（月刊）の「医師会歌壇」の選者となる。放送大学非常勤講師。教員免許状更新講習の講師。福岡市「南区こども大学」

（夏休み開催）で、小学生に短歌を教えるようになる。八月、第五歌集『**さくらカフェ本日開店**』（本阿弥書店）を刊行。

二〇二〇年（令和二年）　五十九歳

三月、福岡市文化賞受賞。筑紫歌壇賞の選考委員となる。

二〇二一年（令和三年）　六十歳

福岡女学院短歌コンクール実行委員会編「短歌の作り方」のＤＶＤ制作に関わる。福岡市立南市民センター運営審議会委員。九州大学の女子卒業生会「松の実会」理事（二年任期）。ＮＨＫオンライン講座短歌講師。岩田屋のカルチャー教室の短歌講師。福岡女学院大学生涯学習センター長。

二〇二二年（令和四年）　六十一歳

毎月、福岡文化連盟主催「天神文化塾」のコーディネーターを務める。鹿児島の高校生の短歌賞の選考委員。福岡県歌人会の歌集賞の選考委員。福岡女学院大学地域・国際交流センター副センター長。

二〇二三年（令和五年）　六十二歳

福岡市文化賞の選考委員となる。

歌集解題

第一歌集『六月の扉』（短歌新聞社）

・一九九七年十二月六日発行　二十代から三十代前半の作品。新カナを用いる。

・日常詠、中国の大学での夏の生活や、ウイーン、ザルツブルクを旅した歌等を収める。

第二歌集『月人壮子』（雁書館）

・二〇〇三年十二月一日発行　かりん叢書一七一　三十代後半から四十代初めの作品。この歌集より旧カナ。帯文は馬場あき子、栞文は伊藤一彦、小島ゆかり、川野里子。

・教師の日々、チベットで見た鳥葬、フェルメールの絵をオランダやベルギーに追いかけて旅をした歌や、父の挽歌、故郷の水俣を詠んだ長歌と短歌等を収める。

第三歌集『ハートの図像』（短歌研究社）

・二〇〇七年八月二十六日発行　かりん叢書二〇二　四十代前半の作品

・かつて受洗を授けてくれた牧師が隠れキリシタン墓地の研究をしていた影響を受け、宮崎、大分、天草、五島列島、馬渡島、生月を訪ねていく。九州各地に残る隠れキリシタンの墓地や、その風土を詠んだ歌（長歌、短歌）に特徴がある。巻末は、北海道のアイヌ墓地を訪ねた歌を収める。

第四歌集『キットカットの声援』（角川書店）

・二〇一三年九月一〇日発行　かりん叢書二七二　四十代後半から五十代初めの作品

・中高の教師としての日々を詠んだ歌が多い。東日本大震災後、被災地を訪ねた歌を巻末に収める。

第五歌集『さくらカフェ本日開店』（本阿弥書店）

・二〇一九年八月九日発行　かりん叢書三五一　五十代の作品

・中高の教師としての日々を詠んだ歌や、大学に赴任して間もない頃の日々を詠んだ歌が多い。他に老いていく母と故郷の水俣の歌等を収める。

あとがき

故郷、水俣の家の傍をきれいな川が流れている。閉ざされた社会の中で、子どもであった私は川の流れの先に、もっと開かれたものを求めていたように思う。川の流れの先にはどんなに広い世界が広がっていたのだろうか。

私の生まれた一九六一年は解剖の結果、胎児性水俣病が初めて確認された年である。はたして、川の流れの先には豊穣の海が悲劇的に広がっていた。水俣を出て今年はちょうど五十年になるが、今も家があって時々帰る。水俣を離れて、それでも水俣を生きる私でありたいと思う。今もその流れの中にいる。

今年は私が深く関わってきた「福岡女学院短歌コンクール」が十周年を迎える等、いろいろと節目の年でもある。そこで、第一歌集『六月の扉』から第五歌集『さくらカフェ本日開店』までの五冊の歌集から三六〇余首を選び出して選歌集を出すことにし、タイトルを『流』とした。

＊

これまで馬場あき子先生からたくさんの教えや励ましを受けたことを幸せに思い、そして短歌を通じて出会った方々にとても感謝しています。

この本の装幀に、田中千智さんの「世界でひとり」という絵を使用させていただき、嬉しく思います。田中さんは海外の展覧会でも活躍されていますが、現在、福岡市美術館の大きな壁画も制作中です。出版に際し、書肆侃侃房の田島安江さん、黒木留実さん、藤田瞳さんにお世話になりました。心よりお礼を申しあげます。

二〇二三年八月一日

桜川冴子